Bonne nuit, Cochonnette

À Peyton, Shaela et Brianna Barney. Doux rêves. — L.B.

À Luc, pour son appui constant. — J.M.

Catalogage avant publication de Bibliothèque et Archives Canada

Bailey, Linda, 1948-
[Goodnight, sweet pig. Français]
Bonne nuit, cochonnette / Linda Bailey;
illlustrations de Josée Masse; texte français d'Hélène Rioux.

Traduction de : Goodnight, sweet pig.
Pour enfants de 2 à 5 ans.

ISBN 978-0-545-99215-2

I. Masse, Josée II. Rioux, Hélène, 1949- III. Titre.

IV. Titre : Goodnight, sweet pig. Français.

PS8553.A3644G6514 2008   jC813'.54   C2007-905305-X

Édition publiée par les Éditions Scholastic,
604, rue King Ouest, Toronto (Ontario) M5V 1E1,
avec la permission de Kids Can Press Ltd.

5 4 3 2 1   Imprimé en Chine   08 09 10 11 12

Les illustrations ont été réalisées à la peinture acrylique.
Le texte est composé en caractères BeLucian Ultra.
Conception graphique de Marie Bartholomew

Bonne nuit, Cochonnette

Linda Bailey   **Illustrations de Josée Masse**

Texte français d'Hélène Rioux

Éditions
SCHOLASTIC

Dormir ou ne pas dormir? Voilà la question.

1 Cochonnette numéro un est très fatiguée.
Elle compte les moutons, la tête sur l'oreiller.

2 Mais Cochonnette numéro deux veut lire toute la nuit, la lumière allumée, en mangeant des rôties.

3

Cochonnette numéro trois regarde la télé, se vernit les ongles et boit du thé glacé.

4 Numéro quatre est un sanglier qui jongle au pied du lit.

5

Numéro cinq prend toute la place avec sa batterie.

6 Numéro six est pâtissier – regarde son chapeau!
Le voilà qui arrive avec un gros gâteau.

7 En robe de mariée, numéro sept fait un faux pas, trébuche sur le gâteau. Oh là là! quel dégât!

8

Numéro huit danse le flamenco dans sa jupe à volants.

9 Numéro neuf, sur son cheval, entre en caracolant.

10

Au basket-ball, numéro dix est un as, bien sûr.
Il emmène son équipe dans une belle voiture.

Des cochonnets sur le lit!
Des cochonnets sur le tapis!
Des cochonnets dans le placard!
Mon Dieu, quel tintamarre!

Cochonnette n'en peut plus, elle se met à pleurer.
« Comment vais-je dormir? Je suis si fatiguée! »

Très gentiment, elle leur demande alors
de lui faire le plaisir d'aller... jouer dehors.

Ses amis arrêtent leur vacarme, on n'entend plus un son.
Les cochons, on le sait, sont très gentils, au fond.

10

Numéro dix essuie une larme au bout de son nez et sort avec son équipe, sur la pointe des pieds.

9

Numéro neuf dit à la danseuse : «Très chère demoiselle,

me ferez-vous l'honneur de monter derrière moi sur ma selle? »

8

7 Vadrouille et balai dans chacune de ses mains, numéro sept nettoie la pièce qui en a bien besoin.

6

Numéro six apporte des draps propres et soyeux,
et pour la tête fatiguée, des oreillers moelleux.

5 Numéro cinq prend le livre et lit une histoire, juste quelques lignes, c'est assez pour ce soir.

4 Numéro quatre dépose un baiser sur le front.

3 Numéro trois éteint la lampe et dit : « Dors bien. »

2 Numéro deux chante une jolie chanson.

1 Et Cochonnette ferme les yeux, puis s'endort enfin...

Bonne nuit, Cochonnette!